# Sur la piste
## des Indiens

**L'auteur : Mary Pope Osborne** a écrit plus de quarante livres pour la jeunesse, récompensés par de nombreux prix. Elle vit à New York avec son mari, Will, et Bailey, un petit terrier à poils longs. Tous trois aiment retrouver le calme de la nature, dans leur chalet en Pennsylvanie.

**L'illustrateur : Philippe Masson**, né à Rennes en 1965, est issu d'une famille de marins bretons. Actuellement, il vit à Tours avec son amie et ses deux enfants, Lucas et Mona. Il réalise également les dessins de la série Le château magique aux Éditions Bayard.

*Pour Natalie, la grand-mère gentille et drôle*
*d'Andrew et Peter.*

Titre original : *Buffalo Before Breakfast*
© Texte, 1999, Mary Pope Osborne.
Publié avec l'autorisation de Random House Children's Books,
un département de Random House, Inc., New York, New York, USA.
Tous droits réservés.
Reproduction même partielle interdite.
© 2009, Bayard Éditions
© 2005, Bayard Éditions Jeunesse
© 2004, Bayard Éditions Jeunesse pour la traduction française
et les illustrations.

Conception et réalisation de la maquette : Isabelle Southgate.
Colorisation de la couverture ; illustrations de l'arbre, de la cabane
et de l'échelle : Paul Siraudeau.

Loi n° 49 956 du 16 juillet 1949
sur les publications destinées à la jeunesse.
Dépôt légal : septembre 2005 – ISBN : 978 2 7470 1850 0
Imprimé en Allemagne par CPI – Clausen & Bosse

# La Cabane Magique

## Sur la piste des Indiens

### Mary Pope Osborne

Traduit et adapté de l'américain
par Marie-Hélène Delval

Illustré par Philippe Masson

Septième édition

bayard poche

# L é a

**Prénom :** Léa

**Âge :** sept ans

**Domicile :** près du bois de Belleville

**Caractère :** espiègle et curieuse

**Signes particuliers :** ne manque jamais
une occasion d'entraîner son frère, Tom,
dans des aventures mouvementées,
sans se soucier du danger.

# Tom

**Prénom** : Tom

**Âge** : neuf ans

**Domicile** : près du bois de Belleville

**Caractère** : studieux et sérieux

**Signes particuliers** : aime beaucoup
les livres, qui l'aident à se sortir
de situations périlleuses.

# Les quinze premiers voyages de Tom et Léa

Tom et Léa ont découvert dans le bois de Belleville, perchée en haut d'un chêne, une cabane pleine de livres. C'est une

## cabane magique !

Elle appartient à la fée Morgane, une magicienne et une célèbre bibliothécaire qui voyage à travers le temps et l'espace pour rassembler des livres.

Nos deux jeunes héros ont déjà vécu des **aventures extraordinaires** ! Il leur suffit d'ouvrir un livre, de poser le doigt sur une image en souhaitant se trouver à l'endroit représenté, et ils y sont aussitôt transportés !

Au cours de leurs quatre dernières aventures, Tom et Léa ont dû résoudre quatre énigmes pour récupérer leurs cartes MB confisquées par l'enchanteur Merlin.

Les enfants ont croisé un requin !

Ils ont aidé un cow-boy à traquer les voleurs de ses chevaux.

Ils se sont retrouvés face à de redoutables lions.

## Souviens-toi...

Ils ont exploré la banquise.

Nouvelle mission :

aider Teddy, le petit chien

qui est victime d'un mauvais sort

Si Tom et Léa réussissent
**à se faire offrir quatre cadeaux**,
il sera délivré.

**Sauront-ils** éviter tous les dangers ?

 Lis vite les quatre nouveaux
« Cabane Magique » !

Prêt à suivre Tom et Léa
dans leurs dangereuses aventures ?

Bon voyage !

# Résumé du tome 16

### ★ ★ ★

Tom et Léa sont transportés sur le *Titanic*, juste au moment où il heurte un iceberg ! Pour éviter le pire, ils tentent d'avertir les passagers du danger. En vain : tous sont persuadés que le célèbre navire est insubmersible. Nos héros parviennent tout de même à sauver deux enfants, qui, pour les remercier, leur offrent la montre de leur père.

# Teddy est revenu !

Tom finit de lacer ses baskets quand il entend un aboiement : *Ouaf ! Ouaf !*

Il se précipite à la fenêtre. Un chiot brun clair au poil ébouriffé est assis dans une flaque de soleil.

– Teddy ! s'écrie Tom.

Au même instant, Léa entre dans la chambre de son frère :

– Tu as vu ? Teddy est venu nous chercher ! Il faut y aller !

Les enfants vont partir pour leur deuxième mission afin de délivrer le petit chien d'un mauvais sort. Tom fourre vite son carnet et son stylo dans son sac à dos. Il dévale les escaliers derrière sa sœur, et tous deux sortent par la porte de la cuisine.

– Où allez-vous ? demande leur mère.

– Faire un tour au bois ! lance Léa.

– Ne partez pas trop longtemps ! Le déjeuner va être prêt. Et n'oubliez pas que Mamie vient nous voir !

Les enfants aiment beaucoup leur grand-mère. Elle est drôle et gentille, et elle a toujours des tas d'histoires à raconter.

– On revient tout de suite ! promet Tom.

Le chien les attend dehors en remuant son petit bout de queue. *Ouaf ! Ouaf !*

– Dis donc, toi ! le taquine Tom. Où as-tu disparu, la dernière fois, après nos aventures sur le *Titanic* ? *

Teddy part au galop sur le trottoir.

– Hé ! crie Léa. Pas si vite !

* Lire le tome 16, *Les dernières heures du Titanic*.

Les enfants s'élancent derrière lui. Ils arrivent au bois tout essoufflés.

Teddy s'arrête au pied de l'échelle de corde qui mène à la cabane magique, en haut du grand chêne.

Les enfants lèvent le nez.

– On dirait que Morgane n'est pas là, dit Léa.

– Montons ! décide Tom.

Léa prend Teddy sous son bras et grimpe à l'échelle. Son frère la suit.

Arrivée dans la cabane, Léa pose le chiot sur le plancher, et il court aussitôt renifler un papier, posé près d'une montre ancienne.

– C'est le mot que nous a laissé Morgane, se souvient Léa.

Elle le ramasse et le relit à haute voix :

*Ce petit chien est victime d'un sort.*
*À vous de l'aider !*
*Si on vous offre quatre cadeaux,*
*il sera délivré.*
*Le premier cadeau voyage sur un paquebot.*
*Le deuxième viendra des Grandes Plaines,*
*le troisième d'une forêt lointaine.*
*Et qui vous offrira le quatrième ?*
*Un kangourou !*
*Soyez prudents, avisés, courageux et…*
*un peu fous !*

*Morgane*

– Bon, dit la petite fille. On a le premier cadeau, celui qui vient d'un paquebot.

– Oui, fait Tom, songeur.

Il ramasse la belle montre ancienne. Elle est arrêtée, et les aiguilles marquent 2:20, l'heure à laquelle le *Titanic* a sombré.

*Ouaf ! Ouaf !*

Les aboiements du chien tirent Tom de ce triste souvenir. Il remonte ses lunettes sur son nez :

– Oui, oui, Teddy ! On va partir à la découverte des Grandes Plaines !

Il balaie la cabane du regard et aperçoit un album, dans un coin. Il le ramasse.

Son titre, c'est justement *Les Grandes Plaines d'Amérique*.

– Prêts ? demande Tom.

Teddy pousse un jappement plaintif.

– Ne t'en fais pas ! le rassure Léa. Tu seras bientôt délivré de ce mauvais sort.

Tom pose son doigt sur la couverture :

– Nous souhaitons être emmenés ici !

Le vent commence aussitôt à souffler, la cabane à tourner. Elle tourne plus vite, de plus en plus vite.

Puis tout s'arrête, tout se tait.

# Une mer d'herbe

Un rayon de soleil matinal se glisse dans la cabane. Le vent apporte une bonne odeur d'herbe.

– Oh ! s'exclame Tom. J'adore ces vêtements !

Encore une fois, les jeans et les T-shirts des enfants se sont transformés par magie. Tom porte un pantalon et une veste en peau. Léa est vêtue d'une robe à franges, en peau également. Tous deux sont chaussés de bottes de cuir et coiffés d'un bonnet en fourrure de raton laveur. À la place du sac à dos, Tom a sur son épaule une besace de cuir.

– J'ai l'impression d'être un trappeur, dit-il, un homme des bois qui vend des fourrures !

– Pour vendre des fourrures, il

faut tuer des bêtes, grogne sa sœur.

Léa aime trop les animaux pour avoir envie de les chasser !

Les enfants se penchent à la fenêtre et découvrent du vert à perte de vue.

La cabane s'est posée au sommet d'un arbre solitaire. Le soleil se lève à l'horizon, et le vent murmure en caressant les hautes herbes : *schhh-schhh-schhh.*

– Comment allons-nous trouver notre cadeau, ici ? s'inquiète Tom. Cette prairie est aussi grande que le ciel !

Léa hausse les épaules :

– Bah, comme la dernière fois ! Nous n'aurons qu'à attendre que quelqu'un nous l'offre.

– Moi, je ne vois personne, dans le coin !

Il ouvre le livre et lit à haute voix :

**Les Grandes Plaines s'étendent au centre des États-Unis.
Jusqu'à la fin du dix-neuvième siècle, cette immense prairie recouvrait presque un cinquième de la surface de l'Amérique du Nord. On l'appelait « l'océan vert ».**

Tom sort aussitôt son carnet et son stylo. Il veut noter ça pour s'en souvenir.

– Viens, dit Léa, on y va !

La petite fille fourre Teddy sous son bras et se dirige vers la trappe.

Tom griffonne sur une page :

Les Grandes Plaines,
un océan vert.

– Wouah ! s'exclame Léa, qui descend déjà l'échelle de corde. On dirait vraiment une mer !

Tom glisse vite dans sa besace le livre, le carnet et le stylo, et il se dépêche de suivre sa sœur.

L'herbe est très haute. Quand le garçon pose le pied sur le sol, elle lui chatouille le nez. Il éternue : *Atchoum !*

Léa éclate de rire :

– C'est super ! On nage dans la mer verte !

Elle s'élance, tenant toujours le petit chien sous son bras.

Le vent souffle, et la prairie ondoie comme des vagues. Les enfants marchent, marchent, marchent.

Au bout d'un moment, Tom s'arrête et soupire :

– À ce qu'il me semble, on pourrait aller droit devant nous pendant des mois sans voir autre chose que de l'herbe !

*Ouaf ! Ouaf !*

– Teddy nous signale qu'il y a un truc super, un peu plus loin, traduit Léa.

– Ne fais pas semblant de comprendre, s'énerve Tom. Il aboie, c'est tout.

– Je comprends parfaitement !

– On ne va pas marcher comme ça toute la journée !

– Allez, avance ! C'est juste devant nous.

– Eh bien, avançons ! soupire Tom.

Ils se remettent en route, et les grandes herbes s'inclinent à leur passage. Ils grimpent sur une petite butte. Arrivés au sommet, ils découvrent un spectacle extraordinaire.

– Génial ! lâche Tom.

– Qu'est-ce que je te disais ! triomphe Léa.

# Un guerrier Lakota

En bas de la butte, des tentes sont dressées en cercle. Des hommes et des femmes en vêtements de peau s'activent tout autour. Des chevaux et des poneys paissent non loin de là.

– De vrais tipis indiens ! s'exclame Tom, émerveillé.

Quand il était petit, il s'en construisait des faux avec des serviettes de toilette !

Il sort le livre de son sac et le feuillette jusqu'à ce qu'il trouve l'image qui correspond. Il lit :

**Au début du dix-neuvième siècle,
de nombreuses tribus indiennes
peuplaient les Grandes Plaines.
À l'ouest vivait celle des Lakotas.**

Tom note tout de suite dans son carnet :

Les Lakotas à l'ouest.

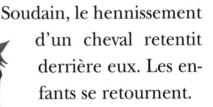

Soudain, le hennissement d'un cheval retentit derrière eux. Les enfants se retournent.

Comme le soleil les éblouit, ils ne distinguent qu'une silhouette noire, celle d'un cavalier qui se dirige vers le campement au petit trot. Tom plisse les yeux. Il lui semble bien que ce cavalier porte un arc à l'épaule.

Il cherche vite une image dans le livre. Il trouve bientôt celle d'un homme à cheval, équipé d'un arc et d'un carquois.

La légende dit : UN GUERRIER LAKOTA. Tom lit le texte qui l'accompagne :

Lorsque les premiers Blancs se sont installés dans les Grandes Plaines, vers la moitié du dix-neuvième siècle, les choses ont beaucoup changé pour les Indiens d'Amérique. Des batailles éclataient sans cesse entre eux et les soldats blancs. À la fin du siècle, les Lakotas avaient perdu leurs terres. Plus jamais ils ne pourraient vivre comme avant.

En relevant la tête, Tom voit que le guerrier n'est plus très loin. Il souffle :

– Couche-toi, Léa !

– Pourquoi ?

– On est peut-être au temps où les Indiens se battaient contre les Blancs.

Tous deux s'aplatissent sur le sol. Ils entendent le froissement des grandes herbes au passage du cavalier. Le cheval hennit de nouveau.

*Ouaf ! Ouaf !* aboie Teddy.

– Chut ! fait Tom.

Trop tard ! L'homme a entendu. Il se lance au galop et saisit son arc. Tom se redresse d'un bond et agite les bras :

– Arrêtez ! Nous venons en paix !

Le cavalier retient sa monture.

Tom le voit bien, maintenant : c'est un garçon de son âge monté sur un poney.

– Salut ! lui lance Léa, qui se relève en souriant.

Le garçon ne lui rend pas son sourire. Mais il abaisse son arc.

– Comment tu t'appelles ? demande-t-elle.

– Chouette Noire.

– C'est chouette… je veux dire, c'est joli comme nom ! Moi, c'est Léa, et voilà mon frère Tom. On vient de Belleville. On passait dans le coin.

Chouette Noire acquiesce. Puis il talonne son poney et repart vers le campement.

– Hé ! lui crie Léa. On peut venir avec toi ?

Chouette Noire se retourne :

– Oui, venez ! Vous rencontrerez ma famille.

– Tes parents ?

Le garçon secoue la tête :

– Mes parents sont morts. Je vis avec ma grand-mère.

– J'aimerais bien connaître ta grand-mère. La nôtre est super ! Elle vient nous voir aujourd'hui.

Chouette Noire et son poney se remettent en route. Léa et Teddy s'élancent derrière eux.

Tom ne bouge pas. Il pense : « Et si les Lakotas sont en guerre avec les Blancs ? Et s'ils nous prennent pour des espions ennemis ? »

– Léa ! appelle-t-il à mi-voix. Attends ! C'est peut-être dangereux !

Mais sa sœur ne s'arrête pas et lui fait signe de les suivre.

Tom soupire. Il reprend le livre et le feuillette en espérant trouver une indication. Comment faut-il se comporter quand on rencontre des Indiens ?

Il tombe sur un passage intéressant :

**Chez les Lakotas, on parle peu.
On offre des cadeaux lorsqu'on
vient en visite. C'est la coutume.**

Plus loin, il lit :

**Les Lakotas admirent les gens
qui ne montrent pas leur peur.**

Mais la phrase la plus intéressante est
celle-ci :

**Lever deux doigts signifie « ami ».**

Tom range le livre et se dépêche de rattraper Léa. Elle est en train de raconter
des tas de choses sur leur grand-mère. Le
jeune Indien l'écoute sans dire un mot.

– Léa, tais-toi ! chuchote Tom. Les
Lakotas n'aiment pas les bavardages, je
l'ai lu dans le livre. Il ne faut surtout pas

leur montrer qu'on a peur, et on doit leur
offrir un cadeau. Et lever deux doigts veut
dire qu'on est des amis. Tu as compris ?

Léa hoche la tête.

Quand ils arrivent au campement,
Tom retient son souffle : tous les
yeux sont fixés sur eux. Aussitôt, il lève deux doigts. Léa
fait de même.

# Le pouvoir
# des animaux

Les deux enfants marchent derrière Chouette Noire. Les Lakotas les suivent du regard en silence. Ils n'ont l'air ni contents ni mécontents.

Tom se demande ce qu'ils pensent. Il espère surtout qu'ils ne voient pas sa peur. Il jette un coup d'œil à sa sœur. Elle se tient bien droite, le menton levé, le visage calme.

Tom l'imite de son mieux. Il se sent déjà beaucoup plus courageux.

Chouette Noire saute de son poney, qui

s'en va brouter un peu plus loin, puis il conduit les visiteurs vers un tipi décoré de dessins représentant des bisons.

– Entrez ! dit le jeune Lakota.

L'intérieur du tipi est une petite pièce ronde. Un feu brûle au centre. La fumée monte en volutes et sort par une ouverture au sommet.

Une vieille femme, assise sur des fourrures, coud des perles sur un mocassin.

– Grand-Mère, dit Chouette Noire, voici Tom et Léa. Ils viennent de Belleville.

Les enfants lèvent deux doigts.

« Amis ! »

La vieille dame lève deux doigts. Tom ôte son bonnet en peau de raton laveur et le lui offre. Elle le met aussitôt sur sa tête en riant. Tom et Léa rient aussi.

L'Indienne a un bon visage, elle ressemble un peu à leur grand-mère. Elle propose :

– Voulez-vous visiter notre village ?

Les enfants hochent la tête. La grand-mère se redresse et leur fait signe de l'accompagner.

Dehors, tout le monde s'est remis à ses occupations. Des jeunes gens taillent des arcs. Des femmes confectionnent des vêtements de peau. Une fillette orne sa robe de cuir avec des griffes.

– Ces griffes lui donneront la force de l'ours, explique la vieille dame. Elle pourra ajouter des plumes de hibou, des dents d'élan, des piquants de porc-épic. Elle aura les pouvoirs de tous ces animaux.

Tom prend son carnet et écrit :

Coudre des dents d'ours
à ses habits pour être fort.

– À moi aussi, un animal me donne sa force, pour chasser le bison, déclare fièrement Chouette Noire.

– Que veux-tu dire ? demande Tom.

– Je vais te montrer.

Et le jeune Indien entre dans le tipi.

Léa se tourne vers la grand-mère :

– Pourquoi chasse-t-il le bison ?

– Le bison est précieux pour notre peuple, explique celle-ci. Sa viande nous nourrit, sa peau nous abrite et nous habille, ses os nous procurent des outils.

Tom note tout ça en vitesse. La vieille femme continue :

– Nous fabriquons des cuillères avec ses cornes, des lassos avec ses poils, des cordes d'arc avec ses tendons, et même des patins pour nos traîneaux avec ses côtes !

Tom gribouille sur son carnet :

Bisons
Peau = tipis – Os = outils
Cornes = cuillères...

– Ça me rappelle le chasseur de phoques de l'Arctique*, commente Léa. Lui, il se servait de tout ce que lui donnaient les phoques et les ours. Il ne gaspillait rien.

Au même instant, Teddy se met à gronder.

Tom et Léa se retournent et poussent un cri d'effroi : un loup sort du tipi de la vieille Indienne ! Un énorme loup blanc aux yeux jaunes et aux crocs pointus !

* Lire le tome 15, *Danger sur la banquise.*

# La chasse aux bisons

Le loup s'avance lentement. Teddy se met à japper comme un fou.

Léa voudrait le faire taire : ces aboiements vont énerver le loup ! Il va peut-être se jeter sur eux ! Mais la petite fille n'ose plus bouger.

Brusquement, le loup se dresse sur ses pattes arrière.

– Aaaaah ! crient les enfants en reculant.

Puis ils éclatent de rire : ils viennent de reconnaître Chouette Noire. Il a revêtu une peau de loup ! Son visage apparaît par une fente de la tête. Il regarde Tom et Léa d'un air moqueur.

– C'est un superbe déguisement ! s'écrie la petite fille. J'ai cru que c'était un vrai loup.

– Tu nous as fait une de ces peurs ! renchérit Tom. Pourquoi as-tu mis cette peau ?

– Le loup est le plus grand chasseur de bisons, explique le jeune Indien. Sa peau me donne sa force.

– Wouah ! fait Léa, impressionnée.

Chouette Noire s'adresse à sa grand-mère :

– Je peux leur montrer les bisons ?

– Les leur montrer, oui. Mais les chasser, non ! Nous avons assez de viande pour l'instant.

Et elle explique aux enfants :

– Les Lakotas ne tuent une bête que lorsqu'ils en ont besoin.

– Ça, c'est bien ! approuve la petite fille.

Chouette Noire laisse la peau de loup à sa grand-mère, puis il court vers les poneys. Il saute sur le dos du sien, en pousse deux autres vers Tom et Léa. L'un est jaune, l'autre est noir.

Léa leur donne aussitôt un nom :

– Bonjour, Midi ! Bonjour, Minuit !

Elle s'approche pour les caresser.

– Comment on fait pour monter sans rênes ni selle ? demande Tom, un peu inquiet.

– Facile ! C'est comme ça que j'ai monté

Soleil Couchant, dans la ville fantôme, tu te souviens*? On se tient à la crinière, et on serre fort les genoux. Regarde !

Elle s'accroche au cou de Minuit, lance sa jambe bien haut et se hisse sur le poney :

– Donne-moi ton sac, je vais mettre Teddy dedans. Ce sera plus facile pour le porter.

Tom lui tend le chiot, elle le fourre dans la besace et passe la bandoulière à son épaule.

*Ouaf !* approuve la petite bête en sortant la tête.

– Hue, Minuit ! s'écrie Léa.

Elle talonne sa monture. Le poney se met au pas.

– Attends-moi ! s'affole Tom.

Il voudrait bien demander d'abord quelques conseils à Chouette Noire. Mais le garçon s'éloigne déjà au trot.

Tom respire un bon coup, agrippe la

* Lire le tome 13, *Les chevaux de la ville fantôme.*

crinière de Midi et lève la jambe. Le poney commence à avancer.

– Bouge pas, toi ! grogne Tom.

Le poney s'arrête. Tom réussit à grimper sur son dos. Il s'accroche aux longs poils jaunes de Midi. Il jette un regard en arrière et voit la grand-mère, qui l'observe. Elle lui fait un signe d'encouragement.

« Les Lakotas admirent les gens qui ne montrent pas leur peur », se souvient-il.

Cette grand-mère lui plaît beaucoup. Il n'a pas envie de la décevoir.

Alors, il pousse un hurlement sauvage, et Midi s'élance au galop. Tom continue de crier, ça lui donne du courage. Il se cramponne de toutes ses forces à la crinière du poney, qui file comme le vent.

En un rien de temps, il rattrape Léa et Chouette Noire. Tous trois chevauchent parmi les hautes herbes.

Des nuages passent dans le ciel, et leurs ombres courent sur la prairie. On dirait des oiseaux géants déployant leurs ailes.

Le poney de Chouette Noire s'arrête au sommet d'une colline. Midi et Minuit le rejoignent. Les enfants n'en croient pas leurs yeux : en bas, dans la plaine, paissent des milliers et des milliers de bisons !

# Sauve qui peut !

– Fantastique ! souffle Tom.

Chouette Noire regarde l'immense troupeau sans rien dire. Tom murmure :

– Léa, tu me donnes le livre, s'il te plaît !

Léa bouscule un peu Teddy pour fouiller dans le sac, elle sort le livre et le tend à son frère.

Tom trouve l'image qui correspond et lit :

Avant 1800, il y avait environ
60 millions de bisons dans
les Grandes Plaines.
Cent ans plus tard, il en restait
à peine 500. Presque tous avaient
été tués par les chasseurs blancs.
Le plus célèbre était surnommé
Buffalo Bill.
Les peaux de bison étaient vendues
très cher, et leur viande permettait de
nourrir les ouvriers qui construisaient
les voies de chemin de fer. Les Indiens
n'avaient plus rien pour vivre.
C'est ainsi que les Blancs
ont pu prendre leurs terres.

Tom relève la tête. À perte de vue, il n'y a que des bisons. Ils sont donc à l'époque où les Blancs ne combattaient pas encore les Indiens.

– J'ai participé à beaucoup de chasses, déclare Chouette Noire sans quitter les bisons des yeux.

– Tu es très courageux ! le complimente Léa.

Chouette Noire sourit avec fierté.

– Je vais vous montrer comment fait un vrai chasseur ! dit-il.

Et il se laisse glisser à terre.

– Hé ! l'apostrophe Léa. Ta grand-mère t'a défendu de chasser. En plus, tu n'as pas emporté ton costume de loup.

– Je n'ai pas peur !

– Tu ne devrais pas désobéir, renchérit Tom.

Mais Chouette Noire ne l'écoute pas. Il se rapproche des bisons en rampant.

– Ça va mal tourner…, grommelle Léa.

Tom a exactement le même pressentiment.
Il feuillette le livre et trouve ce passage :

**Un bison mâle est haut comme un homme et peut peser plus d'une tonne. Les Indiens chassaient en groupes très organisés. Un chasseur agissant seul risquait de provoquer une panique dans le troupeau, ce qui était extrêmement dangereux.**

Tom regarde Chouette Noire s'approcher des bisons. Il voudrait crier au jeune Indien de revenir. Mais il craint d'affoler les bêtes. Qui sait ce qui pourrait arriver alors !

Sans rien dire, il passe le livre à sa sœur, qui le remet dans le sac.

Chouette Noire s'arrête devant le bison le plus proche. Il ferme les yeux, fronce le nez…

– Qu'est-ce qu'il fabrique ? se demande Tom à mi-voix.

Soudain, Chouette Noire éternue : *Ah-aaah-tchiiiiii !*

– Oh là là…, s'effraie Léa.

L'énorme animal lève la tête. Il pousse un sourd mugissement, pointe ses cornes vers l'intrus. Et il charge !

– Attention ! crie Tom.

Chouette Noire a juste le temps de se jeter sur le côté.

Le troupeau commence à s'agiter. Soudain, Teddy s'échappe du sac. Il atterrit dans l'herbe et cavale vers le bison de toute la vitesse de ses petites pattes.

– Teddy ! l'appelle Léa.

Le chiot dévale la colline et fonce au milieu du troupeau en aboyant.

– Teddy, reviens !

La petite fille saute à bas de son poney et s'élance derrière le chien.

Tom voit que leur ami indien est en danger. La bête se rue sur lui, tête baissée. Chouette Noire est agile, il s'écarte d'un côté, de l'autre. Mais, s'il tombe, il va se faire piétiner !

Tom n'hésite pas. Il talonne sa monture :

– Hue, Midi ! Allons sauver Chouette Noire !

Le poney jaune dévale la pente. Tom se cramponne à la crinière et hurle :

– Chouette Noire ! Par ici !

Le jeune Indien court vers lui. D'un bond, il saute en croupe derrière Tom, et Midi remonte la colline au grand galop.

Le bison souffle et gratte la terre de son sabot, satisfait d'avoir fait fuir le chasseur.

– Où est Léa ? s'affole Tom, quand ils parviennent au sommet.

– Là-bas ! dit Chouette Noire en pointant le doigt.

Léa est au milieu du troupeau. Les bisons l'entourent. Elle leur parle et leur caresse le museau.

Le bison qui a chargé Chouette Noire a oublié sa colère et rejoint tranquillement les autres. Tous se remettent bientôt à paître comme si rien ne s'était passé.

# La Dame Blanche

– Ta sœur connaît la langue des bisons !
lance Chouette Noire, admiratif.

– Oh, non, elle sait seulement s'y prendre
avec les animaux !

Le jeune Indien reste silencieux. Il
remonte sur son poney et chevauche vers
Léa. Tom le suit sur Midi. Minuit, qui
les attendait sagement sur la colline, leur
emboîte le pas.

Quand la petite fille les entend arriver,
elle se retourne. Elle semble émerveillée :

– Devinez ce qui m'est arrivé !

– Tu as calmé les bisons, dit le jeune Indien.

– Non, pas moi !

– Comment ça ? s'étonne son frère.

– J'essayais de rattraper Teddy, et j'ai vu un bison foncer sur moi. Je ne savais plus quoi faire. Soudain est apparue une belle dame vêtue de cuir blanc. On aurait dit qu'elle sortait de nulle part !

– Tu as vu la Dame Blanche ? souffle Chouette Noire en ouvrant de grands yeux.

– Oui. Elle a levé les mains, et le bison s'est arrêté. Puis elle a disparu.

– Où est Teddy ? demande Tom.

– Oh ! fait Léa. Je l'avais complètement oublié !

Tous se mettent à appeler :

– Teddy ! Teddy !

*Ouaf ! Ouaf !*

Le petit chien jaillit d'entre les herbes,

encore plus ébouriffé que d'habitude. Léa le serre sur son cœur :

– Ou étais-tu passé ? As-tu vu la belle dame, toi aussi ?

Le chiot se contente de lui lécher la figure.

– Cette dame ne vit pas sur Terre, explique Chouette Noire à Léa. Tu as vu l'esprit de la Dame Blanche des Bisons !

– Un esprit ? souffle Tom. Tu veux dire un fantôme ?

Chouette Noire talonne son poney sans répondre à la question.

Il déclare seulement :

– Rentrons. Il faut raconter ça à Grand-Mère.

Léa remet Teddy dans le sac, puis les trois cavaliers remontent la colline.

En bas, dans la plaine, les bisons paissent tranquillement.

# Le calumet sacré

Lorsque les trois amis arrivent au campement, le soleil descend déjà à l'horizon. La lumière du couchant teinte d'or et de rouge le cercle des tipis. Au centre, des hommes et des femmes sont rassemblés autour d'un grand feu.

Les enfants descendent de poney, et Grand-Mère se lève pour les accueillir.

– Vous êtes partis longtemps, dit-elle. Où êtes-vous allés ?

Chouette Noire s'avance vers elle et lui avoue bravement :

– J'ai essayé de chasser seul. Un bison m'a chargé, et Tom m'a sauvé la vie. Les autres bêtes ont commencé à s'affoler. Mais Léa a calmé le troupeau, avec l'aide de la Dame Blanche.

– Que cela te serve de leçon ! conclut sévèrement la vieille Indienne. Par orgueil, tu t'es conduit sottement. Ta sottise a mis un bison en colère. La colère du bison a affolé le troupeau. Tout est lié. Ainsi vont les choses.

– J'ai compris, Grand-Mère, murmure Chouette Noire en baissant la tête.

Tom se sent gêné pour lui. Il affirme :

– Moi aussi, je fais parfois des bêtises !

– Et moi aussi ! s'exclame Léa.

La grand-mère déclare en les regardant l'un après l'autre :

– Aujourd'hui, Fille-des-Bisons et File-comme-le-Vent ont montré un très grand courage !

Tom sourit. File-comme-le-Vent ! Son nom lakota lui plaît beaucoup.

– Vous êtes les bienvenus chez nous, continue la vieille dame. Venez vous asseoir dans notre cercle.

Les ombres du soir envahissent peu à peu le campement. Un tambour résonne soudain ; on dirait un cœur qui bat.

Les enfants prennent place près du feu, qui leur chauffe le visage. Des étincelles dansent dans la brise.

Un vieil homme soulève une longue pipe de ses deux mains. Il la pointe vers l'est, le sud, l'ouest et le nord. Puis il passe le calumet à l'homme assis près de lui. Celui-ci le porte à sa bouche, aspire une bouffée, souffle une fumée bleue vers le foyer crépitant, et le passe à son voisin.

Grand-Mère explique :

– La fumée du calumet sacré nous relie avec le Grand Esprit.

– Le Grand Esprit ? répète Léa.

– Wakan Tanka, le Grand Esprit, est la source de toute chose, la source de tous les esprits.

– Quels esprits ? demande Tom.

– Ceux du vent, des arbres, des oiseaux… Certains se montrent parfois, d'autres demeurent invisibles.

– Et la Dame Blanche ? Qui est-ce ?

– Le Grand Esprit nous l'a envoyée au temps où notre peuple mourait de faim. Elle nous a apporté le calumet sacré. Sa fumée a fait monter nos prières vers Wakan Tanka. Il nous a répondu en nous donnant les bisons.

– Mais la Dame Blanche, pourquoi m'est-elle apparue ? s'étonne Léa.

– Parfois, une aide nous vient de l'au-delà lorsqu'on a été courageux.

La vieille femme tire d'un petit sac de peau une longue plume brun et blanc. Elle la pose devant Tom et Léa :

– Voici un cadeau pour vous. Une plume d'aigle, symbole de votre courage.

*Ouaf ! Ouaf !* aboie joyeusement Teddy en remuant la queue.

Tom et Léa échangent un regard. Cette plume d'aigle est le cadeau venu des Grandes Plaines. Ils ont réussi leur deuxième mission !

Les tambours résonnent, un chant monte dans la nuit. Puis le vieil homme élève une dernière fois le calumet et proclame :

– Toutes les choses sont liées !

La cérémonie est terminée. Le ciel noir est plein d'étoiles. Un par un, les Indiens regagnent leurs tipis.

Tom range soigneusement la plume dans son sac. Il bâille et dit :

– On peut rentrer chez nous, maintenant.

– Reposez-vous d'abord, propose la
grand-mère. Vous partirez à l'aube.

– Bonne idée ! approuve Léa en bâillant
elle aussi.

La vieille dame et son petit-fils les
conduisent à leur tipi. La grand-mère
désigne aux enfants des peaux de bison
étalées sur le sol, d'un côté du foyer. Elle
et Chouette Noire s'allongent sur les
leurs, de l'autre côté.

Tom regarde la fumée qui s'envole par
le trou du toit vers les étoiles. Il écoute le
chuchotement du vent dans les herbes :
*Schhh-schhh-schhh…*

Et il pense en s'endormant : « C'est la
voix des Grandes Plaines. »

# L'école des Lakotas

Tom se réveille en sentant une langue tiède lui lécher la joue. Il ouvre les yeux. Le petit chien sautille autour de lui. Un pâle rayon de lumière s'introduit par le trou à fumée. Le feu est éteint. Il n'y a plus personne dans le tipi.

Tom saute sur ses pieds. Il attrape sa besace et se précipite dehors avec Teddy.

Dans la fraîcheur de l'aube, toute la tribu s'agite. Les Indiens démontent les tipis, les roulent pour les entasser sur des plates-formes de bois soutenues par deux longues perches. Des chevaux y sont attelés. Grand-Mère et Chouette Noire sont en train d'empiler leurs affaires sur l'un de ces drôles de traîneaux. Léa emplit un sac en cuir de viande de bison séchée.

– Que se passe-t-il ? demande Tom.

– Nous allons suivre les bisons, explique la vieille femme. La grande chasse va commencer. Nous camperons ailleurs pendant quelques semaines.

Tom sort son carnet pour prendre des notes. Il a des tas de questions à poser !

– Et vous avez le droit de camper n'importe où ? Même si les terres ne sont pas à vous ?

Ça fait rire Chouette Noire :

– Personne ne possède la terre. Elle appartient au Grand Esprit.

Tom se dépêche d'écrire, tout en demandant :

– Et l'école ? Tu ne vas pas à l'école ?

– C'est quoi, l'école ?

– C'est l'endroit où les enfants vont pour apprendre.

Chouette Noire paraît très étonné :

– Un seul endroit pour apprendre ? Au campement, nous apprenons à fabriquer des outils et des vêtements, à bâtir les tipis. Dans les plaines, nous apprenons à monter à cheval et à chasser. Nous observons le ciel, et le grand aigle nous enseigne le courage.

Tom écrit :

L'école des Lakotas
est partout.

La grand-mère s'adresse aux enfants :

– Voulez-vous cheminer avec nous vers le soleil couchant ?

Tom secoue la tête :

– Nous ne pouvons pas. Nous devons partir… euh, dans une autre direction.

– Merci pour la belle plume ! dit Léa.

– Laissez vos esprits monter aussi haut que cette plume, reprend la vieille Indienne. C'est une bonne médecine.

– Qu'est-ce que ça veut dire, « une bonne médecine » ? s'enquiert Tom.

– Une bonne médecine te relie au monde des esprits.

Le garçon hoche la tête, pas très sûr d'avoir compris.

– Au revoir, Fille-des-Bisons ! Au revoir, File-comme-le-Vent ! Que votre voyage soit tranquille !

– Au revoir, disent les enfants en reprenant le chemin de la cabane.

Teddy les suit en bondissant. Ils s'arrêtent un instant au sommet de la butte.

En bas, Grand-Mère, Chouette Noire et tous les autres leur font de grands signes. Tom et Léa lèvent deux doigts : « Amis. »

Puis ils descendent de l'autre côté.

Ils se mettent à courir dans les hautes herbes, qui chuchotent doucement.
Ils arrivent

bientôt devant l'arbre où la cabane les attend. Léa fourre le petit chien dans le sac et grimpe à l'échelle, suivie de Tom.

Ils vont admirer une dernière fois, par la fenêtre, l'océan vert, doré par le soleil du matin.

– Bientôt, tout va changer, soupire tristement Tom. Les bisons vont disparaître. Les traditions des Lakotas seront oubliées.

– Mais le Grand Esprit veillera toujours sur les plaines, lui assure Léa. Il prendra soin du peuple de Chouette Noire.

*Ouaf ! Ouaf !*

Le petit chien s'impatiente.

– Oui, oui ! fait Tom. Une minute !

Il prend le livre avec l'image du bois de Belleville et déclare :

– Nous souhaitons retourner chez nous !

Le vent se met à souffler, la cabane à tourner. Elle tourne plus vite, de plus en plus vite. Puis tout s'arrête, tout se tait.

# Tout est lié

– On est de retour ! s'écrie Léa.

L'intérieur de la cabane est inondé de soleil. Teddy saute joyeusement autour des enfants, de nouveau vêtus d'un jean et d'un T-shirt.

– Du calme, petit fou ! le gronde gentiment Léa. Nous avons déjà deux des quatre cadeaux qui vont te délivrer de ce mauvais sort.

Elle sort la plume d'aigle du sac de Tom et la pose à côté de la montre qu'on leur a offerte sur le *Titanic*.

– Et voici le cadeau venu des Grandes Plaines, commente Tom. Laissons nos esprits monter aussi haut que cette plume !

– Hé ! Mon esprit me fait penser à quelque chose, s'exclame sa sœur. Teddy a sûrement un rapport avec la Dame Blanche des Bisons !

– Que veux-tu dire ?

– Teddy a disparu dans l'herbe, la dame est apparue. La dame a disparu, Teddy est réapparu.

Tom, songeur, regarde le petit chien. Celui-ci penche la tête et fixe le garçon d'un drôle d'air.

– Tu as peut-être raison, murmure Tom. Tu te souviens ? Tout est lié !

À cet instant, une voix s'élève au loin :

– Tom ! Léaaaaaa !

Les enfants courent à la fenêtre. De là-haut, ils aperçoivent leur mère et leur grand-mère sur le seuil de leur maison.

– On arriiiiiiiive ! lancent-ils ensemble.

– Mettons Teddy dans ton sac, propose Léa. Comme ça, cette fois, il ne s'échappera pas.

Mais, quand les enfants se retournent, le chiot n'est plus là.

– Teddy ! gémit la petite fille.

– Ne t'en fais pas, la rassure son frère, on le retrouvera bientôt. Allez, viens !

Ils descendent de la cabane et courent tout le long du chemin pour aller vite embrasser leur grand-mère à eux.

À suivre

Découvre vite la suite
des aventures de Tom et Léa dans
*Pièges dans la jungle.*

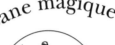

La cabane magique

propulse
Tom et Léa
en Inde

★ 3 ★

# Un arbre qui bouge

– Des tigres ? s'exclame Léa. Super !
Tom continue sa lecture :

**Un tigre avale sept kilos de viande par jour.**

– Ça, c'est moins super…
Tom lit encore :

**Les tigres évitent généralement les éléphants.
Et, comme beaucoup d'autres félins,
ils se méfient des chiens sauvages.**

Teddy montre les dents et se met à gronder.
Tom rit :
– Tu n'es pas un chien sauvage, petit sot ! Un tigre ne ferait qu'une bouchée d'une crevette comme toi !

★ ★ ★ ★ ★ ★ ★ ★ ★ ★

Teddy gronde toujours. Kah et Ko criaillent : *Koo-koo-koo !*

Les paons poussent leur drôle de cri : *Léon léon léon !* Les antilopes lèvent la tête et frappent nerveusement du sabot.

– Qu'est-ce qui se passe ? s'inquiète Léa.

– Remettons Teddy dans le sac, dit Tom. C'est plus prudent.

Il attrape le petit chien, qui ne cesse pas de grogner.

– Chut ! Sois sage ! Tu seras en sécurité, là-dedans !

Un long, profond et féroce grondement retentit alors, comme venu de nulle part. Tom sent ses cheveux se dresser sur sa tête.

– Qu'est-ce que c'est ? souffle Léa.

– Un tigre !

– Ouaf ! Ouaf ! aboie Teddy.

Kah et Ko poussent des cris stridents en agitant les bras, en haut de leur arbre.

– Ils nous disent de monter les rejoindre, traduit Léa. Viens !

Elle se hisse sur une branche et commence l'escalade. Tom tremble si fort qu'il a du mal à remettre le sac sur son dos. Il attrape la branche et grimpe derrière sa sœur. Un autre grondement résonne, tout près cette fois.

*Koo-koo-koo !* crient les langurs.

Les singes sont déjà au sommet de l'arbre. Les enfants les suivent de leur mieux. Le bel orangé du ciel se transforme en gris sombre ; la nuit va bientôt tomber.

Tom regarde en bas ; il ne voit même plus le sol. Il écoute, guettant un autre grondement. Mais seuls mille cris de petites bêtes troublent le silence de la jungle.

– Le tigre est peut-être parti, dit Léa.

Tom regarde les singes. Ils sont blottis l'un contre l'autre, leur visage brun plissé de peur.

– Ou peut-être pas…, murmure-t-il.

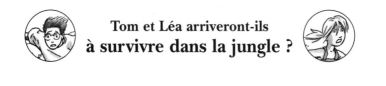

**Tom et Léa arriveront-ils à survivre dans la jungle ?**

★  ★  ★  ★  ★  ★  ★  ★  ★  ★

Si tu as envie de nous donner
**tes impressions** sur la série
ou nous parler de **tes propres voyages**,
réels ou imaginaires,
n'hésite pas à nous écrire !

Bayard Éditions
Série Cabane Magique
18, rue Barbès
92128 Montrouge Cedex

N'oublie pas d'écrire
ton nom et ton adresse sur la lettre !